Die Charaktere

Mutsuki Haruna

ist Vertreter bei einer Alkohol-Handels-
firma und ein freundlicher, aufgeschlos-
sener Mensch. Er soll mit dem mürrischen
Besitzer der Sake-Brauerei Wakatake
einen Handel für die Vertriebsrechte von
dessen Sake abschließen. Doch nur langsam gewinnt er die Gunst der Familie –
allen voran die des gut aussehenden
Nakagawa!

Shusaku Nakagawa

ist der Enkel des Besitzers der
Wakatake-Brauerei und eher der
verschlossene Typ. Zusammen mit
seiner Schwester Haruna hilft er
sporadisch aus, denn eigentlich
ist er Systemtechniker.

Was bisher geschah

Handelsvertreter Haruna soll mit dem dickköpfigen Besitzer der Sake-Brauerei Wakatake
über Vertriebsrechte verhandeln, doch wird immer wieder verjagt. Als ihn eines Tages dort
jedoch ein junger, gut aussehender Mann empfängt, ist es um Haruna geschehen. Es handelt
sich um Nakagawa, den Enkel des Brauereibesitzers, dem Haruna prompt seine Liebe ge-
steht! Obwohl er abgewiesen wird, gibt Haruna nicht auf und versucht beharrlich, Nakagawas Zuneigung zu gewinnen.
Dank seines unermüdlichen Engagements erringt Haruna langsam die Sympathien des Brauereibesitzers und Nakagawas Schwester. Obwohl Nakagawa nach wie vor eine Beziehung
entschieden ablehnt, lässt er sich mit Haruna ein und akzeptiert sogar dessen gutes Verhält-
nis zu seinem Exfreund …

Der Duft der Apfelblüte

Toko Kawai

3

Der Duft der
Apfelblüte

Inhalt

FLAFF

KLAPPER

KLAPPER

PATT

PATT

Hm, frisch gewaschene Bettwäsche ist doch das Beste!☆

Sie riecht so gut!♪

Fertig!

FLUFF

Kyah! Bis in den Morgen!

Ich werde heute nicht locker lassen! ♡

ZAPPEL

ZAPPEL

PI PI

PI PI

Es ist schon lange her, dass wir gemütlich Zeit miteinander verbracht haben ...

Warum ist es nicht schon Nacht ...

Du kannst heute nicht kommen?

Was ...?

Ver- stehe ...

Nein ... Ich glaube, dass Trink- gelage geht bis in den Morgen.

Kannst du viel- leicht später kommen?

Ein bekannter Kuramoto* hat plötzlich seinen Besuch angekündigt und kommt von weit her.

Deshalb kann ich hier nicht weg.

Warum nicht ...?

Tut mir leid ...

*Besitzer einer Brauerei, Hauptverantwortlicher

Ich werde es wiedergut- machen!

Ist gut. Beim nächsten Mal gibt es keine Ausre- de, okay?

Nein ... Schon gut, da kann man nichts ma- chen ...

Ach so ...

Alles klar.

Ver- schieben wir das ...

Tut mir leid ...

Okay ...

Kannst du langsam losgehen, um den Kuramoto vom Bahnhof abzuholen?

...

KLAPP

Mach ich.

Hey, Bruder!

Ja, ja.

Ich muss also Richtung Ausgang Yaesu?

KNARZ

Ja, ich hab ihm gesagt, dass er direkt dort warten soll.

Hattest du eine Verabredung?

Ist alles in Ordnung?

Wah ha ha ha!

Wah ha ha!

Und? Was sagen Sie? Ist unser diesjähriger Sake nicht unschlagbar gut?!

Ach, was sag ich! Er ist dieses Jahr MAL WIEDER unschlagbar!

Nein, nein, nichts da! Unser Shinshu* ist viel besser!

Egal! Sie müssen den einen da trinken! Hey, Haruna!

*neuer Sake

Ich weiß! Jetzt bring ihn schon her!

Ist gut!

Aber trinkt nicht zu viel, okay?

Schon gut, schon gut!

Haruna! Bring unseren Koshu** her! Du weißt schon, den zehnjährigen!

***trüber Anteil, der beim Pressen der Hauptmaische gewonnen wird   **alter Sake

Also ... ich hab eigentlich noch ...

Danke ...

Nicht wahr, nicht wahr! Hier, das ist unser Arabashiri***!

GLUCK

GLUCK

Trink! Trink!!

Wah ha ha!

Na, Shusaku, was sagst du zu unserem Shinshu?

Er ist gut!

Herr Shimokura! Dieser Koshu wird Ihnen die Sprache verschlagen!

Ooh! Er hat eine gute Farbe! Haruna, komm und trink auch mit!

Tada! Unser sorgfältig aufbewahrter Sake aus der Wakatake-Brauerei!❤

Hier ist er!!

Soll ich dir den Sake herbringen?

Hier, Wasser!

Danke ...

Ich hab genug!

*1 Sho = 1,8 Liter

SCHNARCH

Was glaubst du denn, wie viel die getrunken haben?!

Die haben drei Sho* leer getrunken!

Was denn?! Du schmeißt schon das Handtuch?! Opa und Herr Shimokura sind auch schon eingeschlafen.

Puh ...

AUFGEREIHT

23:06

0001 ✉ Haruna
0002 ✉ Haruna
0003 ✉ Haruna
0004 ✉ Haruna
0005 ✉ Haruna
0006 ✉ Haruna
0007 ✉ Haruna
0008 ✉ Haruna
0009 ✉ Haruna

...

Blink

KLAPP

Blink

Ich werde noch ein bisschen trinken!♪

Träller

...

Träller ♪

Im Ernst ...?!

Säuferin!

Ich, einsam beim Abend... mir gab es mariniertes Schwein... fleisch auf Reis. Mit extra viel Mayonnaise!

Oh Mann ...

LEUCHT

Es geht nichts über... Eis nach dem Essen! Nur für mich!

Du wirst wieder zuneh-men ...

Das ist ja riesig ...

LEUCHT

Sieht lecker aus ...

KLAPP

Schnarch

Kannst du die zwei noch ins Bett legen, bevor du gehst ...?

Das hab ich schon.

Hey, warte!

Spazieren ...

Und ich werde drüben schlafen.

Wo gehst du so spät noch hin?

WO

RAUSCH

Ich bin nicht betrunken ...

Kommst du so betrunken überhaupt klar?

So? Na dann ...

Lügner!

Du kannst ja nicht mal mehr gerade- aus laufen!

WANK

WANK

ZZZ

Der Duft der
Apfelblüte

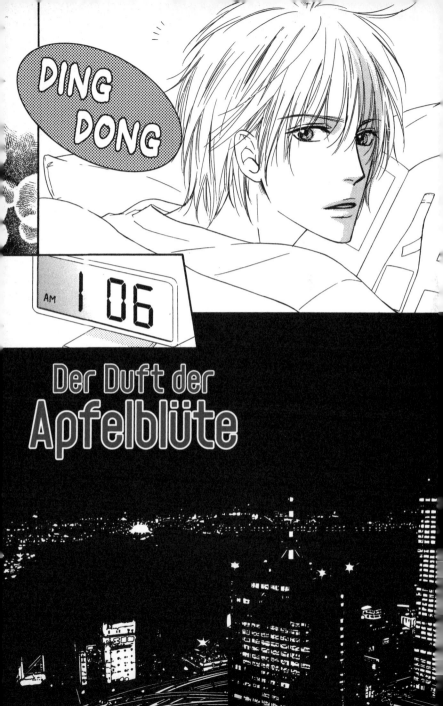

Warum bestehst du so auf Bier ...

Ich bin zum Biertrinken hier ...

Du willst noch mehr Alkohol, obwohl du schon so betrunken bist?!

Was?! Bier?!

Ah!

Willst du nicht fürs Erste mal Wasser?

Hast du vielleicht meine Mails gelesen?

REIB REIB

GULP GULP

Er ist irgendwie ...

Uh ...

Was denn jetzt?!

Betrunkene sind nicht fair!!

Nein ...

Ja, ja! Ich hab Bier gekauft!

Ich hab's kühl gestellt!

Willst du es trinken, wenn du schon hier bist?

Oh ... Wird er mit mir schimpfen?

Schieb

He ...! Üblicher Verlauf

Lass die ?!

So süß!

TSCHILP

TSCHILP

Shu, den ich seit zwei Wochen ...

... nicht gesehen hatte, war sehr heiß und es war sehr intensiv ... ♡

TSCHILP

Es lebe ☆ der Suffkopp!

Oh Mann, er war gestern unglaublich! ♡

... ppe!

Hm?

VERGRAB

Uh ...

Red nicht so laut, du Idiot ...!

Halt die Klappe, sag ich ...!

Was?

Hast du Hunger? Sollen wir frühstücken?

Hm ...

Shu, bist du wach?

Das Wetter ist super!

Waas ?!

... Ich erinnere mich nicht ...

Nicht so laut!

Warum bist du hier? Wann bist du gekommen ...?

Was?! Das ist mein Zuhause! Du bist doch gestern gekommen!

Er sieht furchtbar aus!! Dabei ist es doch Shu! Das ist unmöglich!!

Wow, was für ein schreckliches Gesicht!

Was?!

Und du erinnerst dich also nicht?

...

Dann ist Opa rausgegangen ...

Äh ... Ich weiß noch, dass wir zwei Ein-Sho-Flaschen geöffnet haben ...

Warum ... bin ich überhaupt hier ...?

Und seit du hier bist?!

KLONG

Ein absolut schrecklicher Morgen ... Ich hab erst mal genug von Sake!

Boah ... Bin ich fertig ...

DRÖHN

DRÖHN

Bist du okay?

Ich weiß, wie du dich fühlst!!

Der Duft der Apfelblüte

Äh ... doch. Sie meinte, dass ihr Besuch aus der Verwandtschaft habt.

TAPP

TAPP

TAPP

Sag mal, dieses Mädel ...

TACK

Meine Cousine.

Hat dir Haruna nichts davon gesagt?

RASCHEL

TACK

W... Warum flirtest du mit deiner Cousine?!

Kannst du das bitte auf diesen Berg da drüben stapeln?

Sehr richtig!

Hab ich doch gar nicht! Sie ist bloß ein Kind, das sich an mich hängt.

Okay!

POFF

*entspricht der Klasse 9

Lass gut sein. Ich bin ja nicht du. Ich würde nicht jeden x-beliebigen Menschen umarmen ...

Vergleiche Band 2

Schon wieder eine Mittelschülerin?!

Ein Kind?! Wie alt ist sie denn?

A... Aber ich doch auch n...

Murmel

Was heißt hier denn bitte »wieder« ?!

Keine Ahnung. Wie alt ist man denn im dritten Jahr der Mittelschule*?

Okay ...

Wenn ich hier alles abgeschlossen hab, komme ich auch.

Ja ...

PACK

Es gibt nichts, worüber du dir Gedanken machen müsstest.

Nimm das hier und geh schon mal vor.

Der Sake für heute Abend.

Seit ich drei bin.

Ganz schön lang! Seit wann?!

Wah! Was?! Du hängst immer noch an meinem Bruder?

TOCK

Stimmt! Ich hänge immer noch meiner ersten Liebe nach. ♡

W...

Aber aus deiner Sicht ist das doch schon ein alter Knacker!

Aber nein! Ich nenne das erwachsenen Charme. ♡

Sag das nicht ...

Wusst ich's doch !!!

Eine Freundin?

Sag mal, Haruna ...

Weißt du, ob Shu gerade eine Freundin hat?

Das sind solche Kinder! Grundschulniveau, sag ich nur!

Die Jungs aus meiner Schule kommen nicht infrage. Die sind so kindisch!

Ich weiß es nicht.

Ich hab darüber noch nichts gehört, aber ...

Ja, hat er!

Auch wenn's keine Freundin ist!

The pot calls the kettle black!!

Ein Esel schimpft → den anderen Langohr.

Ist Mu-chan der Mann von eben?

Ja, genau! Sie verstehen sich gut. Er könnte also etwas wissen.

... das hättest du nicht sagen müssen ...

Hey, Haruna ...

... in letzter Zeit schläft er öfter woanders.

Ah, es kann sein, dass Mu-chan etwas darüber weiß!

SCHWUPPS

Was treibst du da?

POCH

!!

Kannst du ihn nicht unauffällig fragen, Haruna?

Was? Also gut, ich kann ihn fragen ... aber ohne Umschweife, okay?

Ist gut, ich danke dir!

Ah! ♡

?

SCHNAPP

Wah!

A... Ach, nichts! Du warst ja schnell fertig!

Shu, kannst du mir vielleicht beim Lernen helfen?

Shu! ♪ Bist du schon fertig mit Arbeiten?

Yepp. Hier, Haruna!

Okay! Aber ganz bestimmt, ja?

Wir essen doch bald. Später.

Danke!

In meinem Fall ...

Lass das!

Ich bin schon ein bisschen neidisch ...

Irgendwie ist Shu so lieb ...

Na ja, sie ist ja auch seine Cousine ...

Warum denn?

Vielleicht gehe ich mit ...

Ich zieh mich nur um.

Rio, mein Arm ... Ich kann ihn nicht bewegen.

Wohin gehst du denn? Es gibt doch bald Essen!

Hm? Ach ja, genau!

Hey, Haruna ...?

Wo ist mein Bruder?

Er zieht sich gerade um!

Er hat die ganze Zeit gewartet, aber hatte dann noch kurz etwas beim Nachbarn zu erledigen.

Er kommt gleich zurück. Dann gibt's Essen.

Was hast du, Mu-chan? Setz dich doch!

Hier, dein Sitzkissen.

Mach ich ... Wo ist der Kuramoto?

Seufz ... Du fragst mich also doch ...

Weißt du, ob mein Bruder eine Freundin hat?

Sag mal, Mu-chan ... Tut mir leid, dass ich dich jetzt so etwas Seltsames frage, aber ...

ZUCK ...

Das macht doch nichts! Mein Bruder ist halt ein Geheimniskrämer ...

Ich hab nichts gesagt ...

Ich wollte einfach nur mal fragen.

Was ...?!

Ich weiß es nicht. Tut mir leid.

Er hat eine!

Äh ...

Aber selbst ich kann nicht sagen, dass ich das bin ...

Tja ...

Na ja, ein Typ wie mich?

Sein Typ ...?

Ähm ... weißt du dann vielleicht ...

... auf was für einen Typ er steht?

Das kommt davon, wenn man übermütig wird, nur weil man ein Mal gewonnen hat. Er hat kurzen Prozess mit dir gemacht, du bist wirklich blöd.

Du holst dir noch eine Erkältung!

Hey, Opa!

Wenn du aus Trotz schlafen willst, geh doch bitte ins Bett!

Ein Teufel ... Er ist ein Teufel ...

KICK
KICK

So in etwa?

Oder vielleicht doch etwas näher zusammen?

STREICH
STREICH

Da bist du ja wieder! ♡

Ich hab schon mal die Futons ausgelegt!

Aber ich konnte nur ein Kissen finden ...

...

Kannst du mir noch ein bisschen beim Lernen helfen?

RATTER

Shu!

Doch, es geht schon ...

Warte kurz!

Shu ...?

Passt es jetzt nicht ...?

?

SACK

Ist sie verlegen, weil sie Shu nackt sieht?

G... Genau.

Und Englisch ...

Mathe?

Der Duft der Apfelblüte

KNARR

KNARR

KNARR

Für heute ist Schluss mit Baby-sitten.

Wo hast du Rio gelassen?

Sie ist wieder zurück in Harunas Zimmer.

Vielleicht sollte ich noch mal anfangen, Englisch zu lernen ...

Tut mir ja leid, dass ich nicht zu gebrauchen war ...

Sie hat gezweifelt, ob du wirklich drüben aufgewachsen bist.

FLAMM

Ja? Wie schön lebendig es dann hier wird.

Sie meinte, dass sie morgen mit Haruna Shoppen geht.

Scheint so.

Bleibt Rio über die gesamten Feiertage?

Zu lebendig!

Sie geht ja ziemlich zur Sache ... Wie ich damals!

Findest du es nicht langsam anstrengend, so zu tun, als würdest du nichts merken?

Ha ha ha!

Wenn ich mir vorstelle dass es die nächsten Tage noch so weitergeht ...

... wird mir das echt zu viel ...

Das weißt du genau!

...

Wie meinst du das ...?

Du elender Verführer ...!

Hey, das tut weh!

ボコ
KICK

Dann bleibt nichts anderes übrig, als sie einfach zu ignorieren.

Na ja ... ich will natürlich, dass du nichts mit ihr anstellst, aber ...

Was kann ich dafür?!

Seufz ...

Sie ist die Tochter meiner Cousine.

Murmel

...

Ja, schon, aber ...

Was soll ich da denn machen ?!

Sollen wir ein Coming-out hinlegen?

Dann könnten wir auch vor den anderen herumflirten! ♡

Ach ...

War nur ein Scherz!

Ha ha ...

...

Was für eine unerotische Unterhaltung.

Kannst du nicht von was anderem reden?

Ha ha! Ja, kommt hin.

Aber in letzter Zeit ist es etwas mehr.

Was denn?! Du hast doch damit angefangen!

Das reicht. Sei einfach still!

Du bist so unverschämt ...!

Wenn ich es drauf anlege, kann ich auch ...

Mh ...

Ich hab keine hohen Erwartungen.

Hm ...

Willst du es erotisch?

WUSCHEL

... werde ich wieder meinen PC unter den Arm nehmen.

Dann ...

Wir sind doch Erwachsene, die sich nachts davonschleichen können, oder?

Es stimmt ja.

Ja, du hast recht ...

Aber ...

... es muss jetzt noch nicht sein.

Bis zum Morgen sind wir wieder in der Braue-rei, klar?

SCHWUPP

Du?

STREICHEL

Ja, klar.

Hey ...

Aber bis dahin haben wir doch noch Zeit, oder?

Du willst mich also jetzt nicht schlafen lassen ...?

Oh, Eng-lisch!

Okay! Let's enjoy this cooking time!

Ich kann wirklich Eng-lisch spre-chen!

Lass uns auf Englisch kochen!

Hach, am Morge nach diese gemeinsa-men Nach bin ich vie gelassener ♡

Ich war gestern ganz schlimm ... Tut mir leid, Rio!

Er gibt ihr Kochun-terricht.

Ich überlass ihm das mal.

Was treiben die da? Es ist so laut!

Well ... Place the eg Milk, in bowl and mayo we

Wah! Warte! Nicht so schnell!

Gähn ...

Ich bin kaputt. Be-sonders in der Hüftge-gend ...

Hä ...?!

Was machst du denn für ein Gesicht?! überhaupt nicht frisch!

Kyah! Kyah!

STECH

Irgend-wie ist Mu-chan ... na, du weißt schon ...

Was?

Er sagte, ich solle das schon mal essen ...

Ich will das auch es-sen!

Was isst du denn da?

Das sieht ja lecker aus!

Träum

MAMPF

MAMPF

Nein! Das nicht ...! Ich werde Shu auf ewig bewundern, aber ...

... er ist ja mein Cousin ...

Nanu? Du hast deine Meinung geändert? Machst du Schluss mit deiner Zuneigung zu meinem Bruder?!

WISCH

... finde ich Mu-chan toll ... ♡

Wie ist er denn so?

Und er hat irgendwie so gut geduftet! Da hat mein Herz einen Sprung gemacht!

☆

Kann er nicht noch eine Nacht hierbleiben? Vielleicht frage ich ihn, ob er mir mit Englisch hilft ...

Ja, nicht? Er ist so süß!

Kyah! ♡

Kyah! ♡

Oh ja! Ich finde auch, dass Mu-chan besser ist!

Er ist lieb, aufmerksam und süß dazu!

Was?!

Ist doch egal!

Was?! Wieso?!

GENERVT

Hey, kannst du nicht schnell gehen?

Oder besser: Bleib erst mal weg!

Er ist engherzig.

Guten Tag! Ist jemand da?

Der Duft der **Apfelblüte**

Aha...

Ugh...

Es ist so lange her, dass ich Sie das letzte Mal besucht habe, deshalb habe ich den Weg nicht gleich gefunden.

Ha ha ha!

Ich komme vom Sakeladen Matsumoto. Mein Name ist Matsumoto.

Hey, Haruna!

Kundschaft!

Äh ...

Haruna!

Äh ... ich habe für heute einen Termin ...

...?

Herr Matsumoto? Etwa der?

Und warum trägt er eine Fliege?

GENERVT

...

Der Duft der Apfelblüte

Und hör bitte auf, so nach mir zu schreien!

Ich komme!

Haruna!

Hä ...?

Ich heiße Matsumoto und komme vom Sakeladen Matsumoto in Kyoto.

Warum das denn ...?

Eine Fliege ...

Aber nein! Ich muss mich für meinen Besuch in dieser stressigen Zeit entschuldigen.

Der Kuramoto ist gerade leider beschäftigt ... Es tut mir leid.

Bitte verzeihen Sie, dass ich Sie hab warten lassen!

Ha ha!

Verstehe!

Oh ja! Nach seinem Rücktritt ist er sogar noch lebhafter geworden. Er ist immer unterwegs und fliegt hierhin und dorthin.

Man sagte mir, dass sein Schwiegersohn als Inhaber der sechsten Generation übernommen hat.

Ihr Inhaber in fünfter Generation hat uns sehr bevorzugt behandelt.

Ich habe gehört, dass er zurückgetreten ist. Geht es ihm gut?

Sie sind also vom Sakeladen Matsumoto!

Ja!

Ähm ...

Das bin ich.

Ich hoffe auf gute Zusammenarbeit mit Ihnen.

Ja, das stimmt.

... und Sie gleichzeitig um etwas bitten.

Nein, auf keinen Fall, er ist doch beschäftigt!

Ich wollte heute nur kurz zur Begrüßung kommen ...

Ja ...? Um was geht es?

Soll ich lieber doch den Kuramoto holen?!

Ach, so ist das?

Bitte entschuldigen Sie!

Sake Matsumoto

Unser Sake-Handel hat Tradition und besteht seit dem 14. Jahr der Tenpo-Ära*.

Vielen Dank für den guten Tee!

Aber heutzutage ist es schwer, sich nur damit über Wasser zu halten.

Die meisten unserer Partner sind schon seit langer Zeit Stammkunden.

Nun ...

*Epoche von 1830-1844

... wollte ich neben dem Laden einen Online-Shop eröffnen.

Und deshalb ...

Jetzt, da ich den Laden übernommen habe ...

Hallo!

Alle versammelt

Wie sieht's aus mit heute Abend ...?

Dein Trick von letztens war gar nicht schlecht!

Den überlasse ich dir.

Geht klar ...

Nicht wahr? Aber der bleibt unter uns!

Och, Opa! Ah, Mu-chan, wir haben Wasser-Manju da!

Hey, Opa! Matsumot noch da! H

...

SCHAUDER

GRUMMEL

Sag mal ...

Wir könnten doch aufräumen!

Wo willst du hier denn ein Bett hinstellen? Hier ist doch kein Platz!

Auch wenn es nur ein Sofabett ist ...

Wollen wir uns langsam ein Bett kaufen?

Wie umständlich ...

Puh! Ganz schön heiß heute ...

Guten Tag!

Ich bin Haruna von W&F.

FUJINOK

Ach ja, genau!

Herr Fujinokura, wollen wir jetzt nicht lieber den einjährigen reinen Sake trinken, von dem Sie gerade eben gesprochen haben?

Reiner Sake

Hakuryu

Wollen Sie mittrinken, Herr Haruna? Ich habe einen besonderen Sake da ...

Ich habe mich ja schon gefreut, Sie beide kennenzulernen ...

Also gut ...

Ich werde Sie noch diesen Monat über meine Entscheidung benachrichtigen ...

Das würde sogar als ein guter Witz durchgehen!

Ha ha ha!

Tut mir leid.

Ich vertrage keinen Alkohol ...

Nein ... also ... ich arbeite ja noch ...

...

...

Dieser ...

Ein Kaufmann, der mit Sake handelt, aber keinen Alkohol verträgt!

Ha ha!

Ach so ...? Wie wäre es dann mit einem kalten Tee?

Kyo, kannst du dem Gast bitte Tee bringen?

Ich ärgere mich zwar ...

... aber er hat recht.

...

Ich liebe Sake sogar so sehr, dass ich der Besitzer eines Sakegeschäfts geworden bin.

Alle meine Vorgänger sind durch die Liebe zum Sake so weit gekommen.

Das ist ja ... Obwohl es ein reiner Sake ist, ist der Geschmack kräftig und tiefgründig. Er hat einen kräftigen Geschmack auf der Zunge und trotzdem hinterlässt er etwas Frisches ...!

Nipp

Sie haben einen guten Geschmackssinn ...

... gibt es eine Wand zwischen uns, gegen die ich als Nichttrinker nichts machen kann.

Egal, wie viel Wissen ich mir aneigne ...

Vielleicht liegt es mir doch nicht, Kaufmann zu sein ...

Der Duft der Apfelblüte

T... Tut mir leid!

Ähm ... Also ...

Du hast eben genau denselben Fehler gemacht, Mu-chan!

KREISCH

KLATSCH

Noch einmal von vorn!

Jawohl!

KLATSCH

Falsch!!

KLATSCH

Der erste Sake, den man gewinnen kann, ist der Arabashiri und ...

Ähm ...

Wenn man sich den Herstellungsprozess ins Gedächtnis ruft, kommt man dahinter.

... seine Eigenschaft ist, dass er meist trüb ist und sprudelt ...

Was ist mit dem Geschmack?

SPRUDEL

SCHNÜFF

Jawohl!

SPRUDEL

Uwah?!

Hey!

Hey!

KLATSCH

Meinst du es überhaupt ernst, Mu-chan?!

Mu-chan ...

Das Abendessen heute habe ich gekocht!

Ja? Was denn?

Gekochte Rinderzunge als Eintopf.

Oh, das hört sich gut an. Ich nehme ein Bier.

T... Tut mir leid!

Das tue ich! Ich meine es ernst!!

...

Der Duft der Apfelblüte

SCHLÄFRIG

Ich glaube, meine Nase dreht vor lauter Riechen bald durch.

SNIFF

Haah ...

Bin ich müde ...

Haruna ist so streng ...

Zwischendurch habe ich noch Shogi gespielt.

Habt ihr nach dem Essen die ganze Zeit weitergemacht?

Ach ja! Das ist noch übrig, kannst du gern trinken!

klarer Sake, der nach dem Arabashiri gewonnen wird

...

Nakadori*.

SCHLUCK

Und? Weißt du, was es ist?

Er-wischt!

Ha ha!

Hat dich Haruna dazu angestiftet, mich auf die Probe zu stellen?

Was denn?

NERVÖS

Wenn man mit den beiden trinkt, bleibt nichts übrig.

Du gehst ja nur nach dem Optischen.

Ohne zu trinken, erkennst du das nicht!

Doch!

Ich erkenne nur einen Arabashiri oder einen frisch gepressten Shiboritate.

Trüb und leicht spritzig.

Der Kuramoto hatte auch alles richtig!

Wow! Du erkennst ihn also auch!

Richtig!

Das ist doch unser Sake, oder? Natürlich erkenne ich ihn!

Da ist doch nichts dabei!

Dass ein Nicht-trinker mit einer Sake-Brauerei verhandelt ...

... ist wirklich ein Witz ...

Du hast ja recht ...

Ja, schon ...

Aber trotzdem ...

... gibt es einfach Dinge, gegen die ich nichts machen kann ...

Meinst du die Sache mit Fujinokura?

Ist der so streng?

Ein Witz? Was soll das hei-ßen?

Hey ...!

Ich will das ja nicht auf mir sitzen lassen und werde auch nicht so einfach aufgeben ...

DOCK

Aber als ich gesehen habe, wie viel Spaß er bei der Unterhaltung mit Herrn Matsumoto hat-te, war ich nei-disch ...

... und habe mich so jämmer-lich ge-fühlt ...

Der Kuramoto war auch weiterhin freundlich zu mir, nachdem er erfahren hat, dass ich keinen Alkohol vertrage.

Ich weiß es nicht ...

Oh ... Tut mir leid! Ich wollte mich bei dir nicht über meine Arbeit aus-lassen ...

MURMEL

Die Fujinokura-Brauerei steht schon lange mit uns in Verbindung.

Soll ich mit ihm mal reden?

Ich bin zwar nicht in der Position, da etwas zu machen ...

... aber Opa und auch Haruna würden das gern für dich tun.

So warm ...

Diese Sommerhitze macht einen richtig fertig ...

Wir haben keinen Sake, den wir Ihnen geben könnten.

FUNKEL

Guten Tag, Kuramoto!

Ich weiß zwar nicht, was Sie mit diesem Intanett anstellen wollen ...

... aber ich werde Ihnen nichts ...

Ich dachte, ich statte Ihnen wieder einen Besuch ab.

ZUCK

Oh ...!

Der Siebenjährige von Herrn Sumoto!

Man hat mir gesagt, dass ich Ihnen den geben soll, wenn ich vorbeikomme.

Einen Muroka-Namagenshu*.

SST

Nein, ich bin nicht hier, um mit Ihnen darüber zu reden.

Ich war letztens bei der Sumoto-Brauerei und habe das hier bekommen.

*unverdünnter, nicht mit Filterkohle verarbeiteter Sake, der außerdem nur einmal (statt zweimal) hitzesterilisiert wurde

RIECH

Ein besonderer Duft ... Wie eine Frucht ...

Aber ich rieche auch noch etwas Scharfes.

TRÖPFEL

Oho ...

Was für eine ausgezeichnete Bernsteinfarbe.

Diesen Geschmack hat man bei einem Shinshu nicht.

Der Geschmack liegt wie hochwertiger Samt sanft auf der Zunge ...

...

In solchen Momenten denke ich immer, dass es sich gelohnt hat, dem japanischen Sake nachzugehen ...

Oh Mann!

Dieser Sake ist wie ein Schatz.

Bewegt

enko
er lange
gereift

Sehr gerne!

Wollen Sie vielleicht auch unseren Koshu probieren, wenn Sie diese Art so mögen?

Wir haben einen Zehnjährigen ...

Murmel

Murmel

Oh ...!

Ja, das hat mir mein Vorgänger auch schon gesagt.

Sie bevorzugen es also eher bitter, obwohl Sie noch so jung sind.

Hm ... Ganz richtig.

Schon seit der Kindheit hege ich eine Vorliebe für Altkluges.

Den bekommt man auch nicht so einfach auf dem Markt.

Ich habe vor, Sake-Sorten vorzustellen, für dessen Herstellung man keine Mühen und Kosten gescheut hat. Im positiven Sinne.

Aha ...

... soll sich genau an solche Liebhaber als Zielgruppe richten.

Und der Online-Shop, von dem ich Ihnen erzählt habe ...

Herr Matsumoto weiß gut über japanischen Sake Bescheid.

Anscheinend schreibt er auch Berichte für Magazine!

Nanu?

Opa und Herr Matsumoto scheinen sich gut zu unterhalten!

Aber wenn das so weitergeht ...

Ich kann es Ihnen das nächste Mal gern zeigen.

Ha ha ha!

Ach so? Das ist ja-interessant!

... und er ihm keine einzige Flasche geben wird ...

Bis vor Kurzem sagte Opa noch, dass man dem Net nicht trauen könne ...

Wir können nicht mehr produzieren. Hoffentlich macht er ihm keine komischen Versprechungen ...

Der Duft der Apfelblüte

Der Duft der Apfelblüte

Koshu ...

?

Bitte? Koshu ...?

Hey, Mu?

Was denkst du über Koshu?

KLACK

Fast schon Alltag

Koshu ...?

...?

...?

Und weiter?

Genau!

Ein durch einen langen Reifungsprozess entstandener Sake.

Auch »Hizoshu« genannt!

... kenne ich den!

Natürlich ...

Ach!

Ko-shu!!

Der Duft der Apfelblüte

Was Opa gesagt hat ...

Mach dir keinen Kopf!

Er wollte einfach nur mit seinem Liebling über Sake reden.

Mach ich ...

Und wegen eben ...

?

RATTER

Danke fürs Abendessen!

Sag den anderen auch Gute Nacht von mir.

Ich musste mich für einen von beiden entscheiden ...

... und da ich mit der Familie Matsumoto schon lange zusammenarbeite, habe ich mich dieses Mal ...

Es tut mir leid, Herr Haruna ...

FUJINOKURA

Aber nein ...

Es tut mir leid. Es ist nicht so, dass ich etwas gegen Sie hätte ...

Mir tut es leid, dass ich Sie so oft belästigt habe ...

1.100m

Ver- stehe ...

Wie schade ...

Ich wusste doch, dass es nicht so einfach ist ...

Es tut mir wirklich leid.

Kommen Sie wieder, wenn es sich er- gibt.

Ja!

Vielen Dank!

Ich habe einiges da- zulernen können.

Haruna macht sich Sorgen, weil du nicht drangehst, obwohl sie dich schon ein paar Mal angerufen hat.

TOCK

Mach nicht, was du normalerweise nicht tust!

So ...?

Tut mir leid ...

Bei mir ging es drunter und drüber.

Ich wollte erst anrufen, wenn ich wieder zu Hause bin.

Der Duft der
Apfelblüte

Wie soll ich denn als Nichttrinker ...

... Sake verstehen?!

KLAPP

Der Duft der Apfelblüte

Ent-
schuldi-
ge ...!

Schnief

Was?
Du hast
dich schon
beruhigt?

Das ging
ja schnell!
Es sind noch
nicht einmal
fünf Minu-
ten vergan-
gen ...

SCHLUCHZ
SCHNIEF
SCHNIEF
SCHLUCHZ

Tut
mir leid,
dass ich es
an dir aus-
gelassen
habe ...

Schnief

... obwohl
du mich
doch nur
trösten
wolltest
...

Ich
bin so
blöd
...!

Schnief

Schnief   Schnief

Was ist das? Heiße Schokolade?

Schnäuz

Das zählt noch nicht als »sich an jemandem auslassen«.

SCHNIEF

War im Kühlschrank.

Hier, trink das und beruhige dich.

Zumindest besser als Cola, oder?

Ich hätte gern Marshmallows drin ...

Schnief

Was?!

Eine Taktik zum Dickwerden?

Dein Kühlschrank ist gefüllt wie der eines Trinkers ...

KLACK

Kyah! ♡ Oh ja, und wie ich von dir festgehalten werde! ♡

Du hast also auch so darüber gedacht! ♡

Du brauchst es nicht zurückzunehmen!

Da hast du recht.

Ich nehme alles zurück!

RASCHEL

Sei still!

?!

FLATSCH

...

*Präfektur nordwestlich von Osaka

Das soll jetzt die Fujinokura-Brauerei nicht ersetzen, aber ...

... der Braumeister ist sehr interessant.

Eine Brauerei in Hyogo*.

Okay ...

Hm? Was ist das?

Eine Visitenkarte?

Was ...? Aber ...

Nakano-Braue

Naka

Das wirst du dann sehen.

Und es war wirklich interessant.

Du brauchst dir keine Sorgen zu machen. Die Brauerei hat mit unserer nichts zu tun.

Was meinst du damit?

Aha ...?

Ich habe nur bei einer Ausstellung den Braumeister getroffen und ihn begrüßt.

Nein ...

Mir ist es nur zufällig eingefallen.

Ich werde mal hingehen.

Danke! Hast du das extra für mich gemacht?

Warum? Du liebst mich doch, oder? Oder?

DRÜCK ♡

Du bist echt so ein Optimist ...

Hi hi hi!

Das muss doch Liebe sein!

Klappe!

DRÜCK ♡

Guten Tag!

NAKANO-BRAU

RATTER

Entschuldigen Sie bitte!

Tut mir leid, dass ich komme, obwohl Sie doch gerade so beschäftigt sind.

Aber nein, aber nein! Bitte entschuldigen Sie sich nicht dafür!

Ich freue mich, dass Sie solch eine kleine Brauerei wie die unsere besuchen!

Wir hatten neulich telefoniert. Mein Name ist Haruna vom Unternehmen W&F.

Guten Tag!

Ja, ja!

Oh ja, ich weiß Bescheid.

Vielen Dank, dass Sie den weiten Weg auf sich genommen haben!

SCHWUPP

Da wir nicht so oft Besuch bekommen, waren die zwei schon voller Vorfreude auf Sie.

Der Kuramoto und der Braumeister sind in der Braustätte.

Mich würde aber schon interessieren, wie Sie auf unsere kleine Brauerei aufmerksam geworden sind?

In Kanto* haben wir noch nicht viel verkauft ...

Gut, vielen Dank!

*Großraum Tokyo-Yokohama und angrenzende Präfekturen

Nun ja ...

Jemand aus einer Brauerei, mit der unser Unternehmen verhandelt, hat mir von Ihnen erzählt ...

Kura-moto!

Brau-meister!

Unser erwarteter Gast ist eingetroffen.

Ach, so ist das!

Wie schön!

Erwarteter ... POCH

Heute bin ich auch mal aufgeregt!!

POCH

Der Duft der
Apfelblüte

Eben hatte ich einen Anruf von Herrn Matsumoto und er wollte langsam eine Antwort.

Er sagte, dass er am Wochenende vorbeikommen wird.

Ach, Opa?

Mh ...

Du weißt ja, dass wir nicht mehr produzieren können, aber ...

... du hast das letzte Wort.

Wenn du an Herrn Matsumoto verkaufen willst, dann tu es auch, okay?

Der Duft der
Apfelblüte

Entweder in der Braustätte oder im Lager ...

Dann entschuldige mich bitte!

Okay!

Ach ja, Mu-chan! Willst du heute Abend ...

Ja, bitte!

TAPP

TAPP

SCHWUPP

Guten Abend!

Ich musste immer wieder auf Geschäftsreise.

Wo ist denn dein Bruder? Ich wollte mit ihm reden ...

Oh, Mu-chan! Lange nicht mehr gesehen! War bei dir viel los?

Guten Abend, Kuramoto!

?

Heute gibt es Sukiyaki* mit Huhn.

Oh, spielen wir später?

Der ist aber gestresst ...

Finde ich auch.

Ja, später!

TAPP

*Eintopfgericht

Shu!!

TAPP

TAPP

Vielen Dank, dass Sie gekommen sind. Ich bin der Braumeister. Man nennt mich Nicol Cifa.

Wah!

Der Braumeister ...

... hat blaue Augen!!!

SCHÜTTEL

SCHÜTTEL

SCHÜTTEL

Aber er konnte flüssig Kansai-Dialekt sprechen und war sehr lustig!

Soll ich wieder mal Englisch sprechen? Na ja, vielleicht habe ich es ja schon vergessen! Ha ha ha!

Oh! Wirklich? Was für ein Zufall!

Ich bin auch dort geboren!

Noch dazu aus L. A.! Ein Angelino!!

Er ist Amerikaner!

Wir verkaufen in Amerika!

Oh ja, wirklich! Wir haben nämlich gar kein Absatzgebiet ...

Das ist doch super, Kuramoto!

Sie sind sofort den Vertrag eingegangen!

Als ich ihnen sagte, dass wir auch ein Absatzgebiet in Nordamerika haben, haben sie sich gefreut.

Also ...

Und?

Wie war's?

Ich bin ein bisschen aufgestiegen. ♪

Und ich bin sogar zum Leiter der Gruppe ernannt worden!

Und auch zu lokalen Spirituosenläden ...

Du, ein Gruppenleiter?!

Geht das denn gut ...?

Und mit diesem Ort als Stützpunkt möchte ich auch den japanischen Braumeister irgendwann ...

Wie wäre es, gleich auch nach L. A. zu gehen?

Gleich im nächsten Jahr habe ich vor, zusammen mit Nicol nach New York zu einer Sake-Probe zu fahren.

Die Sache mit der Unterkunft ist geklärt.

Mein Chef fand es auch interessant.

Und er ist jetzt begeistert von der Idee, japanischen Sake zu verbreiten.

Verschiedene Pläne sind schon am Laufen!

Unter den Kennern von ausländischen Alkoholgetränken soll dieser Ort recht berühmt sein.

Und du wirst es nicht glauben, aber mit ihnen habe ich auch einen Vertrag abgeschlossen!

Sie betreibt eine Weinkellerei in Napa Valley!

HA HA HA!

Napa Valley 2008

»Um den Alkohol aller Welt kennenzulernen, bin ich auf eine Reise gegangen und dabei auf Sake gestoßen.«

»Er hat von mir Besitz ergriffen, weißt du. Das Familienunternehmen hat meine große Schwester übernommen!«

Überraschung?

Und es gab noch eine Überraschung!

Wusstest du, als was seine Familie arbeitet?

Nein.

BLUBB

Wie ich eben schon sagte, bin ich jetzt Leiter für ausländische Projekte.

Und da ab jetzt mehr Geschäftsreisen auf mich zukommen werden, hat die Chefetage beschlossen, dass ich mich darauf konzentrieren soll.

BLUBB

Ich war ohnehin zuständig für die ausländische Abteilung. Es war eher eine Ausnahme, dass ich zu euch kam.

Es gab bestimmt einige Dinge, die ihr mit einem Nichttrinker wie mir nicht besprechen konntet.

Deshalb dachte ich, es wäre ein guter Anlass, jemanden zu schicken, der mehr Ahnung davon hat ...

Bestimmt habe ich euch viele Mühen bereitet ...

Aber was für Mühen denn?! überhaupt nicht!

MAMPF

Wow, eine Frau?!

Es wird mich eine Frau vertreten, die Sake wirklich liebt.

Ich werde sie natürlich auch unterstützen!

Hm ... aber ich finde es trotzdem schade ...

MAMPF

Sie ist voller Tatendrang!

Du schmeißt mittendrin einfach das Handtuch?!

Wie verantwortungslos!

KLIRR

Ich werde die nächsten Tage noch mal vorbeikommen, um sie vorzustellen.

Kuramoto, ich würde mich freuen, wenn Sie sich gut um sie ...

Das ist mir doch egal!

Opa ...!

Er kann doch nichts dafür, wenn das von seinem Unternehmen so gewollt wird!

RATLOS

MAMPF

MAMPF

Mann, du trinkst zu viel!

Mehr!

Oje, oje ...

Mach schon!

...!

Mach dir nichts draus ...

Er ist nur eingeschnappt.

SCHIEB

DEPRI

スーー

Was denn, du schläfst schon?

Mach das Licht doch aus, wenn du schläfst!

Hm? Ich bin wach ...

Der Kuramoto war richtig sauer ... Es ist schon ... verantwortungslos ...

Dreh

Aber ...

Ein Yuka-ta!!

Warum?! Für mich?

ほあ

あっ

WOW

Was redest du da ...?! Ich hatte sonst nichts zum Anziehen ...

...

...

...

Würden Sie mir für den Internet-Handel einen Anteil geben?

Es beschäftigt mich ...

Nervös

Nervös

Dort gibt es einen eher ungewöhnlichen Braumeister.

Vielen Dank für den Tee!

Kennen Sie die Nakano-Brauerei?

Ach, Kuramoto ...

Wieso weiß der davon? Er hat teuflische Ohren!! Der ist ja ungeheuerlich ...!!

... und ich habe gehört, dass Herr Haruna ihn besucht hat.

Er ist ein Amerikaner ...

Der japanische Sake ist sehr ...

... tiefgründig ...

Nun, wie soll ich es sagen. Der Geschmack war etwas fade. Er ist halt doch ein Ausländer ...

Ich war auch einmal dort, aber ...

Im Vergleich dazu kennt sich Herr Haruna mit Sake nicht aus und ist dazu noch ein Nichttrinker.

Alles sind junge Laufkunden.

In der Tat ist das im Vergleich zu Ihnen ein Unterschied wie Tag und Nacht ...

Aber ...

Kuramoto ...!

Werden Sie dann ...

Wenn der Kuramoto wieder da ist, können wir sofort essen.

Hast du Hunger?

BAUMEL

Okay.

In letzter Zeit hatten wir keinen Moment zu zweit.

FLÜSTER

STUPS

Was ist?

Du ...?

STUPS

Ja, schon ...

Du bist doch die ganze Zeit wegen irgendwelcher Geschäftsreisen unterwegs ...

Jepp! Ich bin so froh!

... oder?

Damit ist die Sache wohl abgeschlossen ...

Ich werde überwiegend hier sein. Es wird sich also nicht viel zu jetzt ändern, ist dir das klar?

...

Nein, danke! Hör auf!

Shu! Shu! Lass mich dich umarmen! Umarmen! Umarmen!!

Ah, da bist du ja endlich!

...

Mann, ich hab einen Riesenhunger!

Lass uns essen!

Äh ...

STRAMPEL

Was machen die zwei da ...?

Aus denen soll einer schlau werden ... Mögen die sich oder nicht?

Hm ...

KNURR

Sie sind wieder zurück!

Jawohl!

Nach dem Essen spielen wir!

Hey, Mu!

Beilagen auf Sushi-Reis

Das Menü heute ist Haruna-Spezial-Chirashi-Sushi* mit Garnelen und Mayonnaise.

Aber davor gibt's Essen!

Oh, Mann! Hab ich einen Hunger!

Och, nein! Opa!

Shogi kannst du doch später aufbauen!

Wer ist denn schuld daran ...?!

Mh ...

Der Duft der Apfelblüte / Ende

Der Duft der
Apfelblüte

Hallo, ich bin Toko Kawai!

Danke, dass ihr diesen Manga in Händen haltet. Auch diese lange Serie neigt sich mit diesem Band nun dem Ende zu und ich bin froh, dass ich ihn ohne Problem vollenden konnte. Allen, die mich dabei unterstützt haben, möchte ich hiermit danken!

Drei Jahre lang habe ich dieses Paar gezeichnet, deshalb kann es sein, dass im Vergleich zum ersten Band die Zeichnungen etwas anders sind. Dann habe ich wieder versucht, das zu verbessern, aber das ging eher daneben. Die Gesichter der Charaktere waren dann nicht mehr wiederzuerkennen. Es war eine schwere Zeit, aber ich habe es noch taumelnd in die Zielgerade geschafft. Darüber bin ich sehr froh. Und nun heißt es auch, Abschied von den beiden zu nehmen, mit denen ich beim Zeichnen so meine Probleme hatte. Einerseits bin ich darüber ein bisschen erleichtert, andererseits musste ich beim Zeichnen der letzten Seiten meine Nase schnäuzen, als ich dachte, dass es wirklich das letzte Mal sein wird. Das fand ich schon schade … (*lach*)

Dieses Gefühl hatte ich zum ersten Mal beim Mangazeichnen. Es ist irgendwie seltsam.

Jetzt heißt es Abschied nehmen, aber ich würde mich freuen, wenn ihr ab und zu durch die Seiten blättern und euch an die beiden und an die Familie Wakatake erinnern würdet.

> Vielen Dank, dass ihr mich so lange begleitet habt!

> Toko Kawai

RITSCH

Ich bin auch bald so weit.

Boah! Bin ich fertig!

Okay, das war's!

RUMMS

Ich war beschäftigt!

Mit einigem!

Ja, ja ...

Mann, es war doch klar, dass wir morgen umziehen werden, aber du musstest es natürlich bis kurz vor knapp aufschieben.

Die Nacht vor dem Umzug

Was ist das denn?! Wie umständlich ...

Ich hab Lust auf Pizza ...

Ah, hab ich einen Hunger!

TRÄUM

Pizza und Cola ♡

Ach so! Du schmeißt dieses Sofa weg?

Sperrmüll ...?

Gleich, wenn ich dieses Dokument für den Sperrmüll ausgefüllt habe ...

Okay!

Lass uns schnell was essen gehen!

KNURR

DING DONG

BLINZEL

!

Guten Morgen! Herr Nakagawa!

Herr Nakagawa, hier ist der Bären-Umzugs-Service!

DING DONG

VERSCHLAFEN

Bären-Umzu Service

Ja! Einen Moment bitte! Ich komme sofort!!

Herr Nakagawa!

Ich bin müde...

...

SCHUBS

SCHUBS

Wah! Oh nein!! Wir haben verschlafen!

Shu! Der Umzugsservice ist da! Wach auf!!

Hey, Shu! Zieh dich an!

egal wo Bären-Umz

TROMMEL

Aua! Ich habe doch gar nichts gesagt!

Prust

Ich sagte doch, du sollst es vergessen!

Das reicht!

Dein Mund lacht!!

Sei still!!

Herr Nakagawa...?

PLOPP

...

Zuck

...

Shu?

Bist du da

?

TOKYOPOP GmbH
Hamburg

TOKYOPOP
1. Auflage, 2013
Deutsche Ausgabe/German Edition
© TOKYOPOP GmbH, Hamburg 2013
Aus dem Japanischen von Hana Rude
Rechtschreibung gemäß DUDEN, 25. Auflage

Redaktion: Alexandra Schöner
Lettering: Brilliant IT Enabling Services, India
Herstellung: Sonja Fehlmann
Druck und buchbinderische Verarbeitung:
CPI–Clausen & Bosse GmbH, Leck
Printed in Germany

© TOKO KAWAI 2012
Originally published in Japan in 2012 by
Libre Publishing Co., Ltd.
German translation rights arranged with
Libre Publishing Co., Ltd.

ISBN 978-3-8420-0337-8

STOPP!

**Dies ist die letzte Seite des Buches!
Du willst dir doch nicht den Spaß verderben
und das Ende zuerst lesen, oder?**

Um die Geschichte unverfälscht und original-
getreu mitverfolgen zu können, musst du es
wie die Japaner machen und von rechts nach
links lesen. Deshalb schnell das Buch um-
drehen und loslegen!

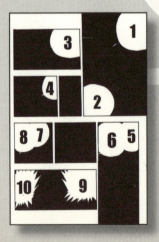

So geht's:

Wenn dies das erste Mal sein
sollte, dass du einen Manga
in den Händen hältst, kann dir
die Grafik helfen, dich zurecht-
zufinden: Fang einfach oben
rechts an zu lesen und arbeite
dich nach unten links vor.
Viel Spaß dabei wünscht dir
TOKYOPOP®!